Eine Rose für Mr. Darcy

In Jane Austens Garten

Jan Thorbecke Verlag

»An einem schönen Tag im Schatten zu sitzen und ins Grüne zu blicken, ist die vollkommenste Erfrischung.«

MANSFIELD PARK

Sitzplatz in Jane Austens Garten in Chawton →

Die Hühner sind alle am Leben und bereit für den Tisch, aber wir heben sie für etwas Besonderes auf. Einige der Blumensamen gedeihen sehr gut, aber deine Reseda sieht eher kümmerlich aus. Miss Benn hat bei ihrer ähnliches Pech. Sie hat Samen von vier verschiedenen Leuten, und keiner davon hat gekeimt. Unsere junge Pfingstrose am Fuße der Fichte ist gerade aufgeblüht und sieht sehr schön aus, und die ganze Begrenzung des Staudengartens wird bald ganz fröhlich aussehen mit den rosa und weißen Nelken zusätzlich zu den schon blühenden Akeleien. Der Flieder fängt auch an zu blühen. Wir werden wahrscheinlich eine gute Ernte an Orleans-Pflaumen haben, aber nicht viele Reineclauden, am Baum fast keine, und drei oder vier Dutzend am Spalier. Ich glaube, ich habe dir etwas anderes erzählt, als ich wieder nach Hause kam, aber ich kann es jetzt besser beurteilen als damals.

AN CASSANDRA AUSTEN, 29. MAI 1811

← *Akeleien in einem englischen Cottage Garden*

Unser Garten wird von einem Mann in Ordnung gebracht, der einen bemerkenswert guten Charakter und feine Gesichtszüge besitzt und etwas weniger als der vorherige verlangt. Die Büsche, die an den Kiesweg grenzen, sagt er, sind nur Wild- und Edelrosen, und letztere von anspruchsloser Sorte; wir wollen daher ein paar von besserer Sorte anschaffen, und auf meinen besonderen Wunsch besorgt er uns Flieder.
Ich könnte nicht ohne Flieder leben […]. Wir sprechen auch über Goldregen. Das Beet unter der Terrassenmauer soll freigemacht werden für Johannis- und Stachelbeeren, und ein geeigneter Platz für Himbeeren ist auch gefunden.

AN CASSANDRA AUSTEN, 8. FEBRUAR 1807

Rosa Gallica 'Versicolor' im Garten von Jane Austens Haus in Chawton →

Deine Fliederbüsche tragen Blätter,
unsere hingegen stehen in Blüte. Die
Rosskastanien haben bereits aus
getrieben und die Ulmen beinahe.
Ich machte am Sonntag einen an
genehmen Spaziergang in den
Kensington Gardens mit Henry,
Mr. Smith und Mr. Tilson; alles war
frisch und wunderschön.

AN CASSANDRA AUSTEN, 25. APRIL 1811

← Blühender Flieder

*Ich wohne in [Johns]
Zimmer im Erdgeschoss,
was besonders angenehm ist,
da es sich zum Garten öffnet.
Immer wieder gehe ich hinaus
und erquicke mich und gelange
wieder zu einsamer Gelassenheit.*

AN CASSANDRA AUSTEN, AUGUST 1814

← *Flügeltür mit Blick
in einen englischen Garten*

Es war nun Mitte Juni, das Wetter war schön, und Mrs. Elton wurde ungeduldig, den Tag [für den Ausflug] festzusetzen und sich mit Mr. Weston hinsichtlich der Taubenpastete und des kalten Lammbratens zu einigen, als ein lahmes Kutschpferd zu ihrem Leidwesen alles wieder über den Haufen zu werfen drohte. Es konnten Wochen oder auch nur ein paar Tage vergehen, bis das Kutschpferd wieder zu verwenden war, doch konnten keine Vorbereitungen riskiert werden, und alles befand sich in trauriger Stagnation. Mrs. Eltons moralisches Durchhaltevermögen war diesem Angriff nicht gewachsen.

»Ist dies nicht höchst ärgerlich, Knightley?«, rief sie. »Und dabei wäre das Wetter so schön für einen Ausflug! Diese Verzögerungen und Enttäuschungen sind schrecklich. Was sollen wir tun? Bei diesem Tempo ist das Jahr vorbei, ohne dass wir etwas unternommen haben. […]«

»Sie sollten lieber Donwell erkunden«, antwortete Mr. Knightley. »Das kann ohne Pferde geschehen. Kommen Sie und essen Sie meine Erdbeeren. Sie reifen so schnell.«

Wenn Mr. Knightley nicht im Ernst begonnen hatte, so war er doch schnell verpflichtet, auf diese Weise fortzufahren, da sein Vorschlag mit Entzücken aufgenommen wurde, und der Ausruf »Oh, das würde mir am allerbesten gefallen!« war in seiner Aussage so deutlich wie in der Art, in der er vorgetragen wurde. Donwell war für seine Erdbeerbeete berühmt, die als Vorwand für die Einladung dienen konnten. Doch kein Vorwand war nötig, denn auch Kohlbeete hätten ausgereicht, um die Dame in Versuchung zu führen, die einfach nur irgendwohin gehen wollte. Sie versprach ihm wieder und wieder zu kommen – viel häufiger, als er es angezweifelt hatte – und war für diesen Beweis enger Freundschaft sehr dankbar, da sie beschloss, ihn als große Auszeichnung zu betrachteten.

EMMA

Es war heiß, und nachdem sie sich einige Zeit in Grüppchen mit kaum drei Personen zwanglos durch den Garten bewegt hatten, folgten sie einander unbewusst in den erquicklichen Schatten einer breiten, kurzen Lindenallee, die sich jenseits des Gartens in gleichmäßigem Abstand zum Fluss hinzog und offenbar das Ende der Privatgärten bildete. Sie führte nirgendwo hin außer zu einer Aussicht an ihrem Ende, die sich hinter einer niedrigen Steinmauer mit hohen Säulen bot – errichtet offenbar in der Absicht, ihr das Aussehen eines Aufgangs zum Haus zu verleihen, den es dort aber nie gab. Mochte man vielleicht über diesen Abschluss unterschiedlicher Meinung sein, so war es in sich ein angenehmer Spaziergang, und der Anblick an seinem Ende äußerst hübsch. Der hohe Abhang, an dessen Fuß die Abtei stand, nahm allmählich jenseits des Hauses eine steilere Form an, und eine halbe Meile entfernt befand sich eine bewaldete Böschung von beachtlicher Steilheit und Großartigkeit, und am Fuße dieser Böschung, vorteilhaft gelegen und geschützt, erhob sich die Abbey-Mill-Farm mit den davorliegenden Wiesen, um die der Fluss einen engen und hübsch anzusehenden Bogen beschrieb.
Es war ein entzückender Ausblick für das Auge und das Gemüt: englisches Grün, englische Kultur, englischer Komfort – unter einer strahlenden Sonne und ohne dabei aufdringlich zu wirken.

EMMA

»Ich wünschte, Sie könnten Compton sehen«, sagte er. »Es ist unvergleichlich! Noch nie im Leben habe ich einen so sehr veränderten Ort gesehen. Ich sagte zu Smith, ich erkenne ihn nicht wieder. Die jetzige Zufahrt ist eine der besten des Landes. Man kann das Haus auf eine überraschende Weise sehen. Ich würde behaupten, als ich gestern zurück nach Sotherton kam, sah es wie ein Gefängnis aus, ein ziemlich trostloses, heruntergekommenes Gefängnis.«

»Oh, was für eine Schande!« rief Mrs. Norris. »Tatsächlich wie ein Gefängnis? Sotherton Court ist der prächtigste alte Ort der Welt.«

»Es muss unverzüglich renoviert werden, gnädige Frau. Ich habe noch nie einen Ort gesehen, der so dringend eine Renovierung braucht. Und es sieht so trostlos aus, dass ich nicht weiß, was damit getan werden kann.«

»Kein Wunder, dass Mr. Rushworth momentan so denkt«, sagte Mrs. Grant zu Mrs. Norris mit einem Lächeln. »Aber glaube mir, Sotherton wird künftig jede Verbesserung erhalten, die sein Herz begehrt.«

»Ich muss versuchen, etwas damit anzustellen«, meinte Mr. Rushworth, »aber ich weiß nicht was. Ich hoffe, dass ein guter Freund mir helfen wird.«

»Ihr bester Freund in so einer Situation«, entgegnete Miss Bertram ruhig, »wäre Mr. Repton, nehme ich an.«

»Darüber habe ich auch schon nachgedacht. Da Mr. Smith so begeistert von ihm war, denke ich, ich sollte ihn besser sofort einstellen. Für einen Tag verlangt er fünf Guineen.«
»Nun, und wenn es zehn wären«, rief Mrs. Norris. »Ich bin mir sicher, Sie müssen sich darüber keine Sorgen machen. Die Kosten sollten kein Hindernis darstellen. Wenn ich Sie wäre, würde ich nicht an die Kosten denken. Ich würde alles so gut und so schön wie möglich herrichten lassen. Ein Anwesen wie Sotherton Court verdient alles, was Geschmack und Geld hergibt. Mit dem Platz dort kann man viel anfangen, und die Anlage wird es Ihnen danken. Ich für meinen Teil, wenn ich auch nur etwas von einem Fünfzigstel der Größe von Sotherton hätte, würde ständig etwas anpflanzen oder verbessern, da mir das von Natur aus gefällt. Es wäre zu absurd für mich, so etwas zu versuchen mit meinem kleinen Grundstück. Es wäre irrwitzig. Aber wenn ich mehr Platz hätte, würde ich großen Gefallen am Pflanzen und Verbessern finden. Im Pfarrhaus haben wir eine große Menge auf diese Weise getan; wir haben den Ort sehr verändert, seit wir ihn zuerst bekamen. Ihr Jungen könnt euch vielleicht nicht an viel erinnern, aber wenn der liebe Sir Thomas hier wäre, würde er euch von den Verbesserungen, die wir gemacht haben, erzählen. Wir hätten sehr viel mehr geschafft, wenn nicht Mr. Norris' schlechter Gesundheitszustand gewesen wäre. Er konnte kaum noch nach draußen gehen, der arme Mann, um sich an irgendetwas zu erfreuen und das entmutigte mich, die Dinge zu tun, über die Sir Thomas und ich gesprochen hatten. Wäre das nicht gewesen, hätten wir die Gartenmauer verlängert, um ein Beet anzulegen, und Bäume gepflanzt, um den Kirchhof abzutrennen,

genauso wie es Dr. Grant getan hat. Wir haben immer etwas gemacht. Es war gerade erst Frühling, zwölf Monate bevor Mr. Norris starb, als wir die Aprikose an die Stallwand pflanzten, die jetzt zu einem stolzen Baum gewachsen ist und sich dort perfekt macht, Sir«, wandte sie sich dann an Dr. Grant.
»Der Baum entwickelt sich ohne jeden Zweifel gut, Madam«, antwortete Dr. Grant. »Der Boden ist ausgezeichnet und ich gehe nie daran vorbei, ohne mich zu ärgern, wie wenig die Frucht es wert ist, sie zu pflücken.«
»Sir, es sind Moor Park, wir haben sie als Moor Park gekauft und gekostet haben sie uns – das heißt es war ein Geschenk von Sir Thomas, aber ich habe die Rechnung gesehen – und daher weiß ich, sie haben sieben Schilling gekostet, und sie wurden berechnet als Moor Park.«
»Man hat Sie hereingelegt, Madam«, erwiderte Dr. Grant. »Diese Kartoffeln haben den gleichen Geschmack nach Moor-Park-Aprikosen wie die Früchte von diesem Baum. Es ist bestenfalls eine fade Frucht, aber eine gute Aprikose ist essbar, was auf keine aus meinem Garten zutrifft.«
»Die Wahrheit ist, Madam«, sagte Mrs. Grant, die so tat, als ob sie über den Tisch hinweg zu Mrs. Norris flüsterte, »dass Dr. Grant kaum den natürlichen Geschmack einer Aprikose kennt. Er wird selten mit einer belohnt, da es mit wenig Hilfe eine so wertvolle Frucht ist. Und unsere ist eine so große, schöne Sorte, dass meine Köchin einen Plan ausgeklügelt hat, sie alle für frühe Tartes und Marmeladen zu bekommen.«

MANSFIELD PARK

Aprikosenbaum vor einer Steinmauer →

Ich schließe mich dir an und hoffe auf die Umgebung von Laura Place, aber wage es nicht zu erwarten. […] Es wäre sehr angenehm in der Nähe der Sydney Gardens! Wir könnten jeden Tag ins Labyrinth gehen!

AN CASSANDRA AUSTEN,
21. JANUAR 1801

← Winterliche Ansicht des Kennet and Avon Canals in den Sydney Gardens, Bath

Thornton Lacey war der Name seines baldigen Wohnorts, wie Miss Crawford sehr gut wusste […].

»Nun«, fuhr Edmund fort, »und wie hat Ihnen gefallen, was Sie gesehen haben?«

»Sehr gut sogar. Sie können sich glücklich schätzen. Es wird mindestens für fünf Sommer Arbeit geben, bevor der Ort bewohnbar ist.«

»Nein, nein, so schlimm ist es nicht. Ich gestehe Ihnen zu, der Hof muss versetzt werden, aber etwas anderes ist mir nicht bewusst. Das Haus ist keinesfalls in einem schlechten Zustand und sobald der Hof versetzt wird, wird die Zufahrt wahrscheinlich ganz erträglich sein.«

»Der Hof muss komplett entfernt und bepflanzt werden, um den Laden des Schmieds zu verdecken. Das Haus muss nach Osten ausgerichtet werden, nicht nach Norden. Der Eingang und die wichtigsten Räume, meine ich, müssen auf der Seite sein, wo der Ausblick am schönsten ist. Ich bin mir sicher, dass es machbar ist. Und dort muss Ihre Zufahrt sein, durch den jetzigen Garten. Sie müssen einen neuen Garten anlegen auf der Seite, welche jetzt die hintere des Hauses ist. Das wird ihm die beste Lage der Welt geben, schräg nach Nordosten hin abfallend. Das Grundstück scheint wie gemacht dafür. Ich bin fünfzig Meter die Straße hochgeritten, zwischen der Kirche und dem Haus, um mich umzusehen, und habe mir gleich vorstellen können, wie alles sein könnte. Nichts leichter als das. Die Wiesen hinter dem jetzigen und dem zukünftigen Garten, die sich um den Weg wanden, auf dem ich stand, nach Nordosten, also zur Hauptstraße gerichtet, müssen selbstverständlich zusammengelegt werden. Sehr schöne Wiesen sind das, reichlich mit Bäumen durchzogen. Sie gehören zur Pfarrei, nehme ich an. Falls nicht, müssen Sie sie eben kaufen. Und dann der Bach, irgendetwas muss mit dem Bach getan werden, aber ich konnte mich nicht ganz entschließen was. Ich hätte dazu zwei, drei Ideen.«

»Und ich habe auch zwei, drei Ideen«, sagte Edmund »und eine davon ist, dass nur sehr wenig von Ihrem Plan für Thornton Lacey jemals in die Tat umgesetzt wird. Ich muss mich mit weniger Schmuck und Prunk zufrieden geben. Ich denke, das Haus und das Anwesen können ohne zu große Ausgaben gemütlich hergerichtet werden, so dass sie wie der Wohnsitz eines Gentlemans aussehen, und das muss mir und hoffentlich allen, denen an mir liegt, genügen.«

MANSFIELD PARK

Delaford ist ein hübsches Plätzchen, das kann ich Ihnen sagen, genau das, was ich ein hübsches, altmodisches Plätzchen nenne, voller Komfort und Bequemlichkeiten, und ganz von hohen Gartenmauern umgeben, die von den besten Obstbäumen im Land bedeckt sind: und welch ein Maulbeerbaum in einer Ecke! Oh Himmel, wie Charlotte und ich uns vollgestopft haben das einzige Mal, als wir dort waren. Dann gibt es einen Taubenschlag, einige schöne Fischteiche und einen äußerst hübsch angelegten Kanal – kurz gesagt: Alles, was man sich nur wünschen kann. Darüber hinaus ist es in der Nähe der Kirche, und nur eine Viertelmeile von der Hauptstraße entfernt, so dass es nie langweilig ist, denn man braucht nur nach draußen zu gehen und sich in eine alte Eibenlaube hinter dem Haus zu setzen, dann kann man alle Kutschen sehen, die vorbeifahren. Oh! Es ist so ein hübsches Plätzchen!

VERSTAND UND GEFÜHL

Walled Garden mit Spalierobst in Oxfordshire →

»Fanny«, sagte Edmund, nachdem er sie aufmerksam betrachtet hatte, »ich bin mir sicher, dass du Kopfschmerzen hast.« Sie konnte nicht widersprechen, aber sie behauptete, sie wären nicht sehr schlimm.

»Das kann ich dir kaum glauben«, antwortete er. »Ich kenne dich zu gut. Wie lange hast du sie schon?«

»Seit kurz vor dem Abendessen. Es ist nichts als die Hitze.«

»Bist du bei der Hitze hinausgegangen?«

»Hinausgegangen! Natürlich ist sie das«, sagte Mrs. Norris. »Würdest du sie etwa an einen so schönen Tag wie heute drinnen bleiben lassen? Waren wir nicht alle draußen? Sogar deine Mutter ist heute für eine Stunde nach draußen gegangen.«

»Ja, das stimmt«, fügte die Dame hinzu, die Mrs. Norris' scharfe Kritik an Fanny gründlich aufgeweckt hatte. »Ich war über eine Stunde draußen. Eine Dreiviertelstunde setzte ich mich in den Blumengarten, während Fanny die Rosen schnitt. Und ich versichere dir, das war sehr angenehm, wenn auch sehr heiß. Schatten gab es genug in der Nische, aber ich fürchtete den Rückweg.«

»Fanny hat also die Rosen geschnitten?«

»Ja, und ich befürchte, sie werden die letzten sein für dieses Jahr. Armes Ding! Für sie war es auch sehr heiß, aber man konnte nicht warten, denn die Rosen waren schon vollständig aufgeblüht.«

»Dem konnte selbstverständlich nicht abgeholfen werden«, erwiderte Mrs. Norris mit geradezu sanfter Stimme. »Aber ich stelle mir die Frage, ob ihre Kopfschmerzen nicht dann anfingen, Schwester. Es gibt nichts, bei dem man leichter Kopfschmerzen bekommt, als

Rosa damascena 'Celsiana' im Garten von Jane Austens Haus in Chawton →

beim Herumstehen und sich Bücken in der heißen Sonne. Aber ich wage zu behaupten, dass morgen alles wieder gut sein wird. Vielleicht gibst du ihr dein Riechfläschchen? Ich vergesse immer, meins nachfüllen zu lassen.«

»Sie hat es«, entgegnete Lady Bertram. »Sie hat es schon, seitdem sie das zweite Mal von deinem Haus zurückgekehrt ist.«

»Wie bitte!«, rief Edmund aus. »War sie etwa neben dem Rosenschneiden noch unterwegs? Unterwegs durch den heißen Park zu Ihrem Haus und das zweimal, Madam? Kein Wunder, dass ihr der Kopf weh tut.«

Mrs. Norris war dabei, sich mit Julia zu unterhalten, und hörte es nicht.

»Ich hatte Angst, dass es zu viel für sie sein würde«, sagte Lady Bertram. »Aber als die Rosen zusammengetragen waren und deine Tante sie zu haben wünschte, mussten sie zu ihr nach Hause gebracht werden.«

»Aber waren es so viele Rosen, dass sie gleich zweimal gehen musste?«

»Nein. Allerdings sollten sie in das Gästezimmer zum Trocknen gebracht werden und unglücklicherweise hat Fanny vergessen, die Tür des Zimmers abzuschließen und den Schlüssel zurückzubringen. Deshalb musste sie noch einmal gehen.«

Edmund stand auf, lief im Zimmer umher und sagte: »Und keiner außer Fanny konnte das erledigen? Ich muss sagen, gnädige Frau, dieses Unternehmen wurde sehr schlecht organisiert.«

»Ich weiß nicht, wie man es hätte besser machen können«, rief Mrs. Norris, der es nicht länger möglich war, sich taub zu stellen. »Außer ich wäre selbst gegangen, aber es ist mir nicht möglich, an zwei Orten zugleich zu sein, denn ich sprach gerade mit Mr. Green über das Milchmädchen deiner Mutter, auf Ihren Wunsch hin, und ich hatte John Groom versprochen, Mrs. Jefferies wegen seines Sohnes zu schreiben. Der arme Mann hat eine halbe Stunde auf mich gewartet. Ich denke, niemand kann mich fairerweise anklagen, mich selbst bei irgendeiner Gelegenheit zu schonen, aber ich kann wirklich nicht alles auf einmal erledigen. Und was Fanny angeht, die für mich kurz zu meinem Haus gelaufen ist – es ist nicht mehr als eine Viertelmeile und ich kann mir nicht vorstellen, dass es unangemessen war zu fragen. Wie oft laufe ich die Strecke dreimal am Tag, früh und spät, ja, und zudem bei jedem Wetter und sage nichts dazu?«

»Ich wünschte, Fanny hätte auch nur die Hälfte deiner Kraft, Tante.«

»Wenn Fanny sich regelmäßig bewegen würde, würde sie nicht so schnell aus der Puste kommen. Sie ist schon lange nicht mehr geritten, und ich bin überzeugt, dass sie, wenn sie nicht reitet, laufen sollte. Wäre sie vorher reiten gewesen, hätte ich sie nicht darum gebeten. Aber ich dachte, es würde ihr gut tun, nachdem sie so lange über die Rosen gebeugt war. Schließlich gibt es nichts Erfrischenderes als einen Spaziergang nach einer langen Anstrengung wie dieser. Und obwohl die Sonne stark war, war es nicht so heiß. Zwischen uns, Edmund«, sie nickte bedeutend zu seiner Mutter, »es war das Rosenschneiden und Herumschlendern im Blumengarten, was den Schaden angerichtet hat.«

»Ich fürchte, das war es tatsächlich«, sagte die freimütigere Mrs. Bertram, die das hörte. »Ich fürchte sehr, dass sie sich dort die Kopfschmerzen geholt hat, denn die Hitze war genug, um jeden umzubringen. Ich konnte es gerade so selbst ertragen. Sitzen und Pug herbeirufen, um ihn von den Blumenbeeten fernzuhalten, war schon fast zu viel für mich.«

Edmund sagte nichts mehr zu keiner der beiden Damen. Doch er ging leise zu einem anderen Tisch, auf dem noch das Tablett vom Abendessen stand, brachte ein Glas Madeira zu Fanny und bat sie, den Großteil zu trinken. Sie wollte, es wäre ihr möglich abzulehnen, doch die Tränen, geschaffen durch eine Vielzahl an Gefühlen, machten es einfacher zu schlucken als zu sprechen.

Ich empfehle dir,
Blumensamen aus Godmersham
mitzubringen,
ganz besonders Resedasamen.

AN CASSANDRA AUSTEN,
20. FEBRUAR 1807

← Sitzplatz vor Jane Austens
Haus in Chawton
mit Blick auf den Garten

»Noch ein oder zwei Jahre, und vieles ist geschafft«, antwortete er ernsthaft, »aber trotzdem bleibt eine Menge zu tun. Von Fannys Gewächshaus steht noch kein einziger Stein, und der Blumengarten besteht bisher nur auf dem Papier.«
»Wo soll das Gewächshaus hin?«
»Auf die Anhöhe hinter dem Haus. Die alten Walnussbäume wurden alle gefällt, um Platz dafür zu machen. Es wird ein wunderbarer Anblick von vielen Stellen des Parks aus sein, und der Blumengarten wird sich genau davor den Abhang hinunterziehen und über die Maßen hübsch aussehen. Wir haben all die alten Dornenbüsche entfernt, die verstreut am Hang wuchsen.«

VERSTAND UND GEFÜHL

Blick durch den Park auf die Bibliothek von Chawton House, dem Wohnsitz von Janes Bruder Edward →

Niemand, der Catherine Morland als Kind sah, hätte sie für eine zukünftige Heldin halten können. [...] Sie liebte alle Jungenspiele und zog Cricket nicht nur Puppen vor, sondern auch den heldenhafteren Freuden der Kindheit wie dem Versorgen einer Haselmaus, dem Füttern eines Kanarienvogels oder dem Gießen eines Rosenstrauchs. In der Tat hatte sie keinen Sinn für den Garten; und wenn sie überhaupt Blumen pflückte, dann nur aus Freude daran, einen Streich zu spielen – zumindest schloss man das daraus, dass sie immer Blumen wählte, die sie nicht pflücken durfte.

DIE ABTEI VON NORTHANGER

← *Blick aus dem Fenster von Jane Austens Haus in Chawton mit Blumenstrauß*

Als sie lange genug gesessen hatten, um jedes Möbelstück im Raum, vom Buffet bis zum Kamingitter, zu bewundern und einen Bericht über ihre Reise und alles, was sie in London erlebt hatten, abzugeben, lud Mr. Collins sie zu einem Spaziergang im Garten ein, der groß und gut angelegt war und um dessen Pflege er sich selbst kümmerte. Im Garten zu arbeiten war eines seiner angesehensten Vergnügen, und Elizabeth bewunderte die Fassung, mit der Charlotte über den gesundheitlichen Wert der Bewegung sprach und eröffnete, dass sie ihren Mann so oft wie möglich dazu ermutigte. Er ging nun auf jedem Weg und Pfad entlang und ließ ihnen kaum die Zeit, das Lob zu äußern, nach dem er verlangte. Jede Aussicht wurde mit einer Pedanterie beschrieben, welche ihre Schönheit vollkommen ins Hintertreffen geraten ließ. Er konnte die Beete in jeder Richtung aufzählen und wusste, wie viele Bäume auch im entferntesten Gehölz standen.

STOLZ UND VORURTEIL

Blick entlang eines Gartenwegs, gesäumt von Stauden und Zierlauch →

Die Großartigkeit der Abtei beeindruckte sie wider Erwarten, als sie sie das erste Mal vom Rasen aus sah. Das ganze Gebäude umschloss einen großen Hof; zwei Seiten des viereckigen Hofes voller gotischer Ornamente verdienten besondere Bewunderung. Der Rest wurde von Hügeln mit alten Bäumen oder üppigen Bepflanzungen verdeckt, und die steilen Hügel dahinter, die dem Gebäude Schutz boten, waren sogar im laublosen März ein schöner Anblick. Catherine hatte nichts Vergleichbares gesehen, und sie fühlte so ein starkes Vergnügen, dass sie, ohne auf bessere Anweisung zu warten, Erstaunen und Bewunderung äußerte. Der General lauschte mit zustimmender Dankbarkeit und wirkte, als ob sein Urteil über Northanger bis zu diesem Moment noch nicht gefällt worden war.

Als Nächstes wurde der Küchengarten bewundert, und er führte sie dorthin durch einen kleinen Teil des Parks. Catherine war nicht in der Lage, die Anzahl der Morgen, die dieser Garten umfasste, ohne Bestürzung zu hören, war er doch doppelt so groß wie der gesamte Garten von Mr. Allen und der ihres Vaters, den Kirchhof und Obstgarten mitgerechnet. Die Wände schienen endlos in ihrer Anzahl und Länge, ein Dorf von Gewächshäusern erhob sich zwischen ihnen, die Bewohner eines ganzen Kirchsprengels arbeiteten in der Umfassung. Der General fühlte sich durch ihr Erstaunen geschmeichelt, denn sie zeigten ihm fast ebenso deutlich wie die Worte, die er ihr bald abnötigte, dass sie noch nie Gärten gesehen hatte, die diesen vergleichbar wären; er gab dann bescheiden zu, dass er ohne einen Ehrgeiz in dieser Hinsicht zu hegen oder darum Sorge zu tragen, sie für ohnegleichen im ganzen Königreich halte. Wenn er ein Steckenpferd habe, sei es dieses: Er liebe Gärten. So gleichgültig er auch in den meisten Angelegenheiten der Ernährung sei, so liebe er doch gutes Obst – und wenn nicht er, dann seine Freunde und Kinder. So ein Garten biete aber auch großen Verdruss. Die größte Sorgfalt könne nicht immer die besten Früchte hervorbringen. Die Ananaszucht habe im letzten Jahr nur einhundert Stück erbracht. Mr. Allen, so nehme er an, müsse diese Unbequemlichkeiten doch auch kennen.

»In keinster Weise. Mr. Allen ist der Garten gleich und er hat ihn noch nie betreten.«

Mit triumphierendem, selbstzufriedenem Lächeln wünschte der General, dasselbe von sich sagen zu können, da er den Garten niemals betrete, ohne sich in dieser oder jener Weise darüber zu ärgern, dass sein Garten nicht seinen Plänen entspreche.

DIE ABTEI VON NORTHANGER

Ich will nicht behaupten, dass deine Maulbeerbäume tot sind, aber am Leben sind sie zu meinem Bedauern auch nicht.

AN CASSANDRA AUSTEN, 31. MAI 1811

Unter einem Maulbeerbaum mit Blick in einen englischen Garten →

»… Welch wunderschöne Hyazinthen! Ich habe eben erst gelernt, Hyazinthen zu lieben.«
»Und wie haben Sie das gelernt? Durch Zufall oder durch Überredung?«
»Ihre Schwester hat es mich gelehrt, ich weiß nicht wie. Mr. Allen hat sich Jahr für Jahr die größte Mühe gegeben, mich dazu zu bringen, sie zu mögen, doch ich konnte es nie, bis ich sie kürzlich in der Milsom Street sah. Ich bin von Natur aus Blumen gegenüber gleichgültig.«
»Doch jetzt lieben Sie Hyazinthen. Umso besser. Sie haben eine neue Quelle des Vergnügens gewonnen, und es ist gut, so viele Möglichkeiten, Glück zu empfinden, zu haben, wie es geht. Abgesehen davon ist eine Vorliebe für Blumen immer wünschenswert beim weiblichen Geschlecht – als Mittel, um sie nach draußen zu bekommen und sie zu mehr Bewegung zu verführen, als sie sonst

Bunte Hyazinthen →

tätigen würden. Und obwohl die Liebe zu Hyazinthen eher häuslich ist, so kann doch keiner wissen, ob sie nicht irgendwann einmal Rosen lieben können, jetzt wo das Gefühl einmal erweckt wurde?«

»Ich brauche keinen solchen Anlass, um nach draußen zu gehen. Das Vergnügen spazieren zu gehen und frische Luft zu atmen ist mir genug, und bei gutem Wetter bin ich mehr als den halben Tag draußen. Mamma sagt, ich sei nie drinnen.«

»Auf jeden Fall bin ich froh, dass sie gelernt haben, Hyazinthen zu lieben. Die bloße Gewohnheit, Dinge lieben zu lernen, ist viel wert und ein Gemüt, das sich etwas beibringen lässt, ein großer Segen bei einer jungen Dame. [...]«

DIE ABTEI VON NORTHANGER

Das Wetter war am nächsten Vormittag noch genauso, und dieselbe Einsamkeit und Melancholie schienen in Hartfield zu herrschen. Doch am Nachmittag klarte es auf, der Wind wurde milder, die Wolken wurden fortgetragen, die Sonne erschien – es war wieder Sommer. Mit all der Ungeduld, die ein solcher Wechsel hervorruft, beschloss Emma, so bald wie möglich nach draußen zu gehen. Noch nie war ihr die Natur – ihr Anblick, Geruch und Gefühl, so ruhig, warm und leuchtend nach dem Sturm – so anziehend erschienen. Sie sehnte sich nach der inneren Gelassenheit, die dadurch allmählich hervorgerufen würde, und als bald nach dem Essen Mr. Perry hereinkam, um ihrem Vater eine freie Stunde zu widmen, verlor sie keine Zeit und eilte in den Staudengarten. Dort hatte sie mit erfrischtem Geist und leichteren Gedanken einige Runden gedreht, als sie Mr. Knightley durch das Gartentor treten und auf sie zukommen sah. Es war die erste private Begegnung mit ihm, seit er aus London zurück war. Sie hatte erst einen Moment zuvor an ihn gedacht, wähnte ihn aber mit Sicherheit 16 Meilen entfernt. Nur in aller Eile konnte sie ihre Gedanken ordnen. Sie musste gesammelt und ruhig erscheinen.

EMMA

Marianne […] kehrte gerade rechtzeitig zurück, um sich den anderen anzuschließen, als sie das Haus verließen, um die Anlage zu besichtigen, und der Rest des Morgens verging kurzweilig beim Bummeln durch den Küchengarten, beim Betrachten der Blüten an seinen Mauern und beim Zuhören, als der Gärtner über Schädlinge klagte, beim Schlendern durch das Gewächshaus, wo Charlotte über den Verlust ihrer Lieblingspflanzen, die unvorsichtigerweise dem späten Frost ausgesetzt worden waren, in Lachen ausbrach, und beim Besuch des Geflügelhofs, wo Charlotte neues Vergnügen fand in den enttäuschten Hoffnungen des Milchmädchens, weil Hennen ihr Nest verlassen hatten oder vom Fuchs gestohlen worden waren oder im schnellen Niedergang einer vielversprechenden jungen Brut.

VERSTAND UND GEFÜHL

← *Garten in Devon mit Gewächshaus aus dem 19. Jahrhundert*

»Oh, meine liebe Eliza, beeil dich und komm ins Wohnzimmer, es gibt etwas ganz Besonderes zu sehen. Ich sage dir nicht, was es ist. Beeil dich und komm sofort herunter!«
Elizabeth fragte umsonst: Maria wollte ihr nichts weiter erzählen, und so rannten sie nach unten ins Wohnzimmer, das zur Straße hinausging, auf der Suche nach diesem Wunder. Dieses erwies sich als zwei Damen in einem niedrigen Phaeton, die am Gartentor angehalten hatten.
»Ist das alles?«, rief Elizabeth. »Ich erwartete zumindest, dass die Schweine in den Garten eingebrochen wären, dabei sind es nur Lady Catherine und ihre Tochter!«

STOLZ UND VORURTEIL

Als sie den Fuß der Terrasse erreichten, erschienen Mrs. Rushworth und Mrs. Norris an deren Spitze, nun bereit für die Wildnis, nachdem sie vor eineinhalb Stunden das Haus verlassen hatten. Mrs. Norris war zu beschäftigt gewesen, um sich schneller zu bewegen. Welche verqueren Hindernisse auch immer dem Vergnügen ihren Nichten im Weg standen, sie hatte einen sehr erfreulichen Morgen verbracht, da die Haushälterin sie nach sehr vielen Höflichkeiten über Fasane in die Molkerei mitgenommen hatte. Sie erzählte ihr alles über Kühe und gab ihr ein berühmtes Rezept für Frischkäse. Und nachdem Julia sie verlassen hatte, begegneten sie dem Gärtner, mit dem sie eine höchst zufriedenstellende Bekanntschaft schloss, da sie die Krankheit seines Enkels feststellte, ihn davon überzeugte, dass es sich um Schüttelfrost handelte und ihm ein Amulett dagegen versprach. Und im Gegenzug hatte er ihr seine ausgewähltesten Pflanzenzüchtungen gezeigt und ihr sogar ein sehr besonderes Exemplar Heidekraut geschenkt.

MANSFIELD PARK

Bei ihrer Rückkehr nach Crankhumdunberry, dem liebenswerten Dorf, in dem ihr Vater Pfarrer war, wurde Charlotte von Frederic und Elfrida mit größter Freude empfangen. Nachdem sie sie abwechselnd an ihre Brust gedrückt hatten, schlugen sie ihr einen Spaziergang durch die Pappelallee vor, welche vom Pfarrhaus zu einem sattgrünen Rasen führte, der mit einer Vielfalt unterschiedlichster Blumen geschmückt war und von einem plätschernden Bach bewässert wurde, der vom Tempé-Tal über einen unterirdischen Kanal hierher geleitet wurde.

FREDERIC UND ELFRIDA

← *Pappelallee im Westonbirt Arboretum*

Der Park war sehr groß und bestand aus einer Vielzahl von Ansichten. Sie begannen ihre Fahrt an einem seiner tiefsten Punkte und fuhren einige Zeit durch einen schönen Wald, der sich über eine große Fläche erstreckte.
Elizabeth war zu beschäftigt, um sich zu unterhalten, aber sie bemerkte und bewunderte jeden bemerkenswerten Fleck und jeden schönen Ausblick. Eine halbe Meile fuhren sie langsam bergauf und befanden sich dann unerwartet auf dem Gipfel einer beträchtlichen Anhöhe, wo der Wald aufhörte und das Auge sofort von Pemberley House gefangen genommen wurde, das auf der anderen Seite des Tales lag, in welches die Straße nun steil abbog. Es war ein großes, ansehnliches Steingebäude, schön auf ansteigendem Grund gebaut und von einer Reihe bewaldeter Hügel eingerahmt. Der Fluss davor, schon von Natur aus von gewisser Breite, war noch erweitert worden, ohne dass es künstlich wirkte. Seine Ufer waren weder begradigt noch überladen. Elizabeth war begeistert. Sie hatte noch nie einen Ort gesehen, für den die Natur mehr getan hatte oder wo die natürliche Schönheit so wenig von schlechtem Geschmack überdeckt worden war. Alle bewunderten den Anblick aus vollem Herzen, und in diesem Augenblick fühlte sie, was es bedeuten könnte, Herrin von Pemberley zu sein.

STOLZ UND VORURTEIL

Grasende Schafe im Park von Chawton House →

Immer wieder hören wir, dass uns die Leute um unser Haus beneiden und dass der Garten als der schönste der Stadt gilt.

AN CASSANDRA AUSTEN,
20. FEBRUAR 1811

← Garten von Jane Austens Haus in Chawton

Du kannst dir nicht vorstellen – kein Mensch ist dazu in der Lage – welch hübscher Weg sich um unseren Obstgarten zieht. Die Buchenreihe sieht in der Tat sehr schön aus, und ebenso ansehnlich wirkt die junge gemischte Hecke im Garten. Ich höre heute, dass eine Aprikose in einem der Bäume entdeckt wurde.

AN CASSANDRA AUSTEN, 31. MAI 1811

»Mr. Rushworth«, sagte Lady Bertram, »wenn ich Sie wäre, würde ich mir einen hübschen Staudengarten anlegen. Bei schönem Wetter hält man sich gerne in einem Staudengarten auf.«

MANSFIELD PARK

← Der Staudengarten von Jane Austens Haus in Chawton

»Ich möchte Mr. Rushworth nicht beeinflussen«, fuhr er fort, »aber hätte ich ein Anwesen zu modernisieren, würde ich es nicht in die Hände eines Landschaftsarchitekten legen. Ich würde lieber weniger Schönheit nach meinem eigenen Wunsch und nach und nach gewonnen in Kauf nehmen. Ich würde lieber meine eigenen Fehler hinnehmen als seine.«

»Sie wissen natürlich, wovon Sie reden, aber das wäre unpassend für mich. Ich habe kein Auge oder Einfallsreichtum für solche Angelegenheiten, außer wenn ich sie vor mir sehe. Und hätte ich ein eigenes Anwesen auf dem Land, wäre ich jedem Mr. Repton dankbar, der die Aufgabe an sich nähme und mir so viel Schönheit gäbe, wie er mit meinem Geld könnte, und ich würde es nie ansehen, bis es fertig wäre.«

»Mir würde es gefallen, den Fortschritt von allem zu sehen«, sagte Fanny.

»Ja, so wurden Sie erzogen. Es war kein Teil meiner Erziehung und die einzige Dosis, die ich davon abbekam, wurde mir von einem mir nicht sehr sympathischen Menschen verabreicht und hat dazu geführt, dass ich eigenständige Verbesserungen als Ärgernis ansehe. Vor drei Jahren hat der Admiral, mein geschätzter Onkel, ein Häuschen in Twickenham gekauft, damit wir alle dort die Sommer verbringen können. Und meine Tante und ich fuhren mit Begeisterung dorthin, aber obwohl es äußerst schön war, sollte es bald renoviert werden, und für drei Monate gab es nichts als Dreck und Durcheinander, ohne einen Kiesweg, um darauf zu laufen, oder eine Bank, um darauf zu sitzen. Ich würde alles so komplett wie möglich haben wollen auf dem Land, Stauden- und Blumengärten, unzählige einfache Sitzgelegenheiten, aber es muss alles geschehen, ohne dass ich mich darum kümmern muss. […]«

MANSFIELD PARK

Nach einem kurzen Rundblick [durch das Speisezimmer], ging Elizabeth zum Fenster, um die Aussicht zu genießen. Der Hügel, von Wald gekrönt, von dem sie herabgekommen waren und der aus der Entfernung noch steiler wirkte, war ein schöner Anblick. Alles war gut angelegt, und sie betrachtete das gesamte Panorama – den Fluss, die an seinem Ufer verteilten Bäume, die Windungen des Tales, soweit sie ihnen mit dem Auge folgen konnte – mit großem Vergnügen. Als sie in andere Räume gingen, boten sich ihr andere Perspektiven, aber von jedem Fenster aus gab es neue Schönheiten zu sehen.

STOLZ UND VORURTEIL

»Das ist schön, sehr schön«, sagte Fanny und sah sich um, als sie eines Tages zusammensaßen. »Jedes Mal, wenn ich in diese Grünanlage komme, bin ich überwältigt von deren Wachstum und Schönheit. Vor drei Jahren war dort nichts als eine unordentliche Hecke entlang der oberen Seite des Felds, nicht weiter beachtet oder für bemerkenswert gehalten. Und jetzt hat es sich in einen Spazierweg verwandelt und es wäre schwierig zu entscheiden, ob der größte Wert dessen Nutzen oder Schönheit ist. Und in weiteren drei Jahren vergessen wir vielleicht fast, wie es vorher war. Wie wundervoll, so wundervoll, was die Zeit bewirkt und wie die menschliche Denkweise sich wandelt!« Und dem letzten Gedankengang folgend fügte sie hinzu: »Falls eine Fähigkeit unserer Natur wundervoller als die restlichen genannt werden darf, denke ich, ist es das Gedächtnis. Es scheint etwas unsagbar Unglaubliches in der Macht, dem Versagen und der Unverlässlichkeit des Gedächtnisses zu liegen, verglichen mit unseren übrigen Geisteskräften. Das Gedächtnis ist manchmal so aufnahmefähig, so effizient, so gehorsam, ein andermal so verwirrt und schwach, und dann wieder so tyrannisch, so unkontrollierbar! Wir sind sicherlich auf jede Weise ein Wunder, aber unsere Fähigkeiten des Erinnerns und des Vergessens scheinen besonders unergründbar.«

Miss Crawford, unberührt und unaufmerksam, hatte nichts zu sagen und Fanny, die das bemerkte, brachte das Gespräch wieder auf Dinge, von denen sie glaubte, sie seien von Interesse.

»Es mag vorlaut von mir erscheinen zu loben, aber ich bewundere den Geschmack, den Mrs. Grant hier gezeigt hat. Der Plan des Spazierwegs weist eine so ruhige Einfachheit auf! Nichts zu Gewagtes!«

»Ja«, antwortete Miss Crawford gedankenlos, »es passt gut zu einem Ort dieser Art. Man vermutet hier nichts von großem Ausmaß, und unter uns gesagt, bis ich nach Mansfield kam, hätte ich mir nicht vorstellen können, dass ein Dorfpfarrer überhaupt einen Staudengarten anstrebt oder irgendetwas Ähnliches.«

»Ich bin so froh zu sehen, dass das Immergrün kräftiger wird!« erwiderte Fanny. »Der Gärtner meines Onkels sagt immer, dass die Erde hier besser sei als seine eigene und so scheint es auch zu sein, wie ich aus dem Wachstum der Lorbeerbäume und des Immergrüns schließe. Das Immergrün! Wie schön, wie willkommen, wie wundervoll ist das Immergrün! Wenn man darüber nachdenkt, ist die Vielfalt der Natur eindrucksvoll! In manchen bekannten Ländern wirft üblicherweise der Baum seine Blätter ab, aber das macht es nicht weniger außerordentlich, dass derselbe Boden und die gleiche Sonne die Pflanzen nährt, die von Grund auf verschieden sind. Sie werden mich für eine Schwärmerin halten, aber wenn ich mich draußen aufhalte, vor allem wenn ich draußen sitze, verfalle ich häufig in solche Gedanken. Man kann seine Augen nicht auf die einfachsten natürlichen Erzeugnisse richten, ohne zu einer ausschweifenden Schwärmerei inspiriert zu werden.«

»Um ehrlich zu sein«, antwortete Miss Crawford, »ich bin etwas wie der berühmte Doge am Hofe Ludwigs XIV. und kann behaupten, ich sehe nichts vergleichbar Wunderbares in diesem Garten wie meine eigene Anwesenheit darin. Hätte mir jemand vor einem Jahr gesagt, dass dieser Ort mein Zuhause würde, dass ich hier Monat für Monat verbrächte, so wie ich es getan habe, so hätte ich ihm nicht geglaubt […].«

MANSFIELD PARK

Dienstagabend gibt es eine große Gala in den Sydney Gardens: ein Konzert mit Illuminationen und Feuerwerk. Auf Letzteres freuen Elizabeth und ich uns schon, und auch das Konzert wird mir mehr Vergnügen als sonst bieten, da die Gärten groß genug sind, dass es mir leicht gelingen dürfte, außer Hörweite zu gelangen.

AN CASSANDRA AUSTEN, 2. JUNI 1799

Blick über die Sydney Gardens, Bath →

VERLAGSGRUPPE PATMOS

PATMOS
ESCHBACH
GRÜNEWALD
THORBECKE
SCHWABEN
VER SACRUM

Die Verlagsgruppe
mit Sinn für das Leben

Für die Verlagsgruppe Patmos ist Nachhaltigkeit ein wichtiger Maßstab ihres Handelns. Wir achten daher auf den Einsatz umweltschonender Ressourcen und Materialien.

Gestaltung: Finken & Bumiller, Stuttgart
Druck: Druck: Firmengruppe APPL, aprinta druck, Wemding
Hergestellt in Deutschland
ISBN 978-3-7995-1342-5

Bildnachweis:
S. 3: mauritius images/Jason Ballard/Alamy; S. 4: mauritius images/Clare Gainey/Alamy; S. 7, 25, 52, 56: mauritius images/Jeremy Hoare/Alamy; S. 8: mauritius images/Nadja Jacke; S.10: mauritius images/Mode Images/Oliver Grove; S. 15, 23: mauritius images/Tim Gainey/Alamy; S. 18: mauritius images/Anthony Brown /Alamy; S. 28: mauritius images/Rufus Stone /Alamy; S. 31: mauritius images/Graham Prentice/Alamy; S. 32: mauritius images/Jeremy Hoare /Alamy; S. 35: mauritius images/Mint Images Ltd.; S. 39: mauritius images/garfotos/Alamy; S. 41: mauritius images/Garden World Images/Rita Coates; S. 44: mauritius images/Mieneke Andeweg-van Rijn/Alamy; S. 48: mauritius images/Andrew Beattie/Alamy; S. 51: mauritius images/Philip Enticknap/Alamy; S. 55: mauritius images /J. Borris; S. 63: mauritius images/gbimages/Alamy.